Kadın Koçunun

Erica Sanders

Hakimiyet ve Erotik Boyun Eğme

Özet

Erika, kadın koçunun çok seksi olduğunu
düşünüyor. Onunla yalnız kaldığında bir
şeyler yapacak mı?...

Kadın Koçunun, güçlü erotik BDSM içeriğine sahip bir roman ve yine yüksek romantik ve erotik BDSM içeriğine sahip bir roman serisi olan **Hakimiyet ve Erotik Boyun Eğme'dan yeni bir roman.**

(Tüm karakterler 18 yaşında veya daha büyüktür)

KADIN KOÇUNUN
ERIKA SANDERS

Erika, günün kolej derslerinden oldukça bitkin olmasına rağmen, üniversite spor salonunda egzersiz yapmak için hala çaba harcıyordu. Buna ihtiyacı vardı. Açıkçası, softbol takımının en kötü oyuncusuydu.

Elbette, zaten iyi durumdaydı, ancak takımdaki diğer kızlarla karşılaştırıldığında, yeterince iyi değildi ve takıma girebilmesi bile bir mucizeydi. Takımın minimum sayıda oyuncuya ihtiyacı vardı ve Erika da bu minimum seviyedeydi.

Çeşitli makinelerle bir itme/çekme rutini gerçekleştirdikten sonra, karın kaslarına basmadan önce biraz nefes aldı. Bir bankta arka arkaya otuz tekrar yaptı , bir dakika dinlendi ve ardından seti iki kez daha tekrarladı.

Son sette mücadele ettiğinde, ışığı engelleyen bir yüz görmek için yukarı baktı. Terli bir yüz, dağınık bir atkuyruğu ve boynuna bir havluyla sarılı bir kadın rastgele onun başında dikildi.

"Hadi, tekrarlar, tekrarlar, tekrarlar!" kadın şaka yollu cesaretlendirdi.

Erika, onun Koç Bethy olduğunu anında anladı. Dayanıklılığını kanıtlamak istercesine karın kaslarını birkaç kez daha çalıştırdı, sonra Koç Bethy'yi selamlamak için ayağa kalktı.

"Merhaba," gülümsedi, antrenmandan derin nefesler alarak.

Koç Bethy de gülümseyerek karşılık verdi. "Antrenmanını böldüğüm için üzgünüm. Bir desteğe ihtiyacın vardı."

"Evet, daha iyi bir şekle girmeye çalışıyorum."

Koç Bethy, "Sıkı çalıştığını gördüğüme sevindim," diye yanıtladı.

"Bu arada, hep burada mıydın? Seni görmemiştim."

Koç Bethy yüzünü bir havluyla sildi. "Son yarım saattir saunadaydım. Ondan önce koşu bandında bir saat kardiyo yaptım."

"Güzel."

"Koşucu musun, Erika?" diye sordu. "Ne sıklıkla koşarsın?"

"İstediğim kadar değil. Okul olmadığında daha sık koşarım. Belki 3-5 mil."

"Müthiş."

"Elbette bende senin gibi sonuçlar yok," diye yanıtladı Erika, koçun nefes alırken kaslarının dalgalandığını fark ederek. "Yani, aman tanrım, fiziğin harika."

Koç Bethy bir pazı esnetti. "Teşekkürler. Çok sıkı çalıştım."

"Cidden söylüyorum. Genetiğin harika."

"Bazı açılardan, ama dürüst olmak gerekirse, rutinimle akıllıyım."

"Herhangi bir sır var mı?" diye sordu
Erika. "Seninki gibi bir vücuda sahip
olmak için canımı verirdim."

"Öncelikle teşekkürler, bu çok hoş.
İkincisi, sahip olduğun vücudunla gurur
duy. Kadınlar kendilerine karşı çok
katıdır. Bence her kadın kendine özgü
bir şekilde muhteşemdir. Kendin ol ve
sahip olduklarını salla."

Erika başını salladı. "Ah, bu düşünceye
kesinlikle katılıyorum. Ama her kız bir
spor takımında değil. Aslında ben SİZİN
takımındayım ve daha iyi durumda
olsaydım maç kazanma şansımız
katlanarak artardı."

Daha fazla etki için Erika kirpiklerini
kırpıştırdı ve Koç Bethy güldü.

"Bana tipik egzersiz rutininizi ve
diyetinizi anlatın. O zaman, eğer

yapabilirsem size bazı fikirler vereceğim."

Erika, her zamanki fitness rejimi ve beslenme planının hızlı bir özetini verdi; nasıl koşmayı sevdiğinden ve hangi egzersizleri yaptığına kadar her şey.

Koç Bethy, ikna edici bir tonda, "Sanırım probleminizi buldum," dedi.

"Nedir?"

"Muhtemelen bir platoya ulaştınız. İşte o zaman vücudunuz aynı rutine o kadar alışır ki uyum sağlamayı bırakır, bu nedenle artık kazanç elde edemezsiniz."

Erika dudaklarını büzdü. "Hmmm... İlginç. Yıllardır aynı rutini kullanıyorum, yani haklı olabilirsin."

"Belki daha ağır ağırlıklar kaldırın veya daha patlayıcı egzersizler deneyin. İşleri değiştirin, eğlenceli bir şeyler bulun."

"Herhangi bir tavsiye?"

Koç Bethy, "Şahsen ben yüzmeyi severim," diye yanıtladı. "Eklemlerim üzerinde düşük etki, yüksek yoğunluk ve suda olduğumda bana bir özgürlük hissi veriyor."

"Tanrım, çocukken yüzmeyi severdim. Ailemiz başka bir yere taşınınca daha az sevdim. Üniversiteye taşındığımdan beri hiç yüzmeye gitmedim."

"İşte böyle. Sorun çözüldü. Yüzmeyi dene. Sert yüzün, hızlı yüzün, ama kendinizi fazla yormayın, aksi halde doğru düzgün softball çalışamazsınız. Bunu iyi bir diyetle birleştirirseniz, "

Vücudunuzdaki büyük değişiklikleri fark edeceksiniz."

Erika, "Sorun şu ki, yakınlardaki tüm havuzlar her zaman dolu," diye inledi. "Özellikle üniversite havuzu."

"Doğru, bu yüzden kampüse her zaman erken gelirim ve yalnız yüzerim. Program benim için mükemmel işliyor."

"Yalnız mı yüzmek? Güzel olmalı. Ben sadece rüya görebilirim."

"Kıskançlık mı seziyorum?" Koç Bethy alay etti. "Evet, havuz tamamen bana ait. Hem fiziksel hem de zihinsel olarak benim için tedavi edici. Yoğun bir güne başlamak için harika bir yol."

"Kesinlikle kıskanıyorum."

"Sır olarak sakladığın sürece bana
katılabilirsin."

"Emin misin?" diye sordu Erika, teklife
şaşırmıştı.

"Neden olmasın? Rahatsız olur musun?"

"Değişir. Sen bir seri katil misin?"

Koç Bethy başını salladı. "Hayır, ama
Dexter gibi diğer seri katilleri öldüren
bir seri katil olabilirim."

"Benim için çalışıyor," diye yanıtladı
Erika, düşünmek için duraklamadan
önce. "Seni rahatsız etmiyorum değil mi?
Yani, özel zamanını rahatsız etmek
istemiyorum."

"Saçma. Pazartesi sabahı 6:45'te havuzda olacağım. Eğer ilgileniyorsanız, zamanında gelin ve havlu ve mayo getirin. Bir saat baş başa kalacağız."

"Bu bir randevu," diye gülümsedi Erika.

Koç Bethy sorgulayıcı bir bakış attı. "İlginç kelime seçimi. Her neyse, gitmeliyim ve duşa ihtiyacım var. Karın antrenmanını böldüğüm için üzgünüm."

"Endişelenme. Karın kaslarım zaten berbat."

Koç Bethy, Erika'nın karnını dürttü. "Pazartesi sabahı. Sana havuzda birkaç iyi karın kası hareketi göstereceğim."

"Bunun benim işime yarayacağını düşünüyor musun?"

Koç, kendi düz karnını ovuşturarak,
gergin kasları hissederek, "İşime yaradı,"
diye yanıtladı.

BÖLÜM 2

Ciddiyetle Erika, Koç Bethy ile özel olarak antrenman yapma şansı karşısında şaşkına döndü. Ne de olsa, bu kadın koç harika bir insandı ve harika bir formdaydı.

Erika, içten içe hep o kız olmayı hayal ederdi. Kazandıran şutu atan kız, ardından tüm takım onu omuzlarına alırdı, böylece sahada bir kahraman olarak gösterilebilirdi. Bu olası değildi, ama yine de bir hayaldi.

Pazartesi zamanında geldi ve Koç Bethy'yi karşıladı. Havuzun kilidini açtıktan, ışıkları ve ısıyı açtıktan sonra üstlerini değiştirmek için soyunma odasına gittiler. Birbirlerini çıplak görmemek için farklı soyunma alanlarında mayolarını giydiler.

Havuz başında buluşup birbirlerinin mayolarına hayran kaldılar.

"Bu yeni mi?" Koç Bethy sordu.

"Evet. Hafta sonu aldım."

"Güzel. Gitmeye hazır gibisin."

Isınmalarını yaptılar ve birkaç dakika uzuvlarını gevşettiler. Vücutları ısındığında havuza atlarlar ve turlar yüzerler. İlk başta normal hız. Sonra havuzun her iki ucu arasında hızla ileri geri yüzerek güçleri ve kardiyo dayanıklılıkları üzerinde çalıştılar.

Aralarında çok az dinlenme olan on turun ardından, kollarını betona dayayarak havuzun kenarına yaslandılar.

Erika derin bir nefes alarak, "Bu çok yoğundu," dedi.

"Öyleydi. Ve onu seviyorum."

Erika'nın nabzı normale döndü. "Yarın kesinlikle ağrıyacağım."

Koç Bethy bir kaşını kaldırdı. "Yani işimizin bittiğini mi düşünüyorsun?"

"Değil miyiz?" Erika yanıtladı.

"Karın kasların, unuttun mu? Onlar üzerinde çalışmak istemiyor muydun?"

"Sanırım o turları yüzerek yeterince temel antrenman yaptım."

Kadın koçun dudaklarında sadist bir gülümseme belirdi. "Saçma. Zaten havuzdayız, o yüzden buraya ne için geldiysek onu yapalım. Beni takip et. Sırtını duvara yasla, kollarınla betona tutun ve bacak kaldırma yap. Bunun gibi. ."

Koç Bethy, sırtını duvara dayayarak, kollarını betona dayayarak ve ardından ayaklarının sudan çıkması için bacak kaldırma hareketi yaparak örnek oldu. Birkaç tekrar yaptı. Erika da aynısını yaptı ama üçüncü tekrardan sonra mücadele etti.

"Bu çok zor," diye içini çekti Erika, ayaklarını yere koyarak. "Su ekleme direnci ile çok daha zor."

"İşte mesele bu."

"Devam edemem."

"Elbette yapabilirsin, sadece birkaç
tekrar daha."

Erika dilini çıkardı. "Ughhh...en azından
bana yardım edebilir misin?"

"Elbette."

Bu, koçun kalçalarının alt kısmına
bastırarak Erika'ya yardım etmek için
ellerini suya soktuğu ve daha fazla
tekrar yapılmasına izin verdiği zamandı.

Antrenör birkaç tekrar için bacaklarını
kaldırmasına yardım ederken Erika,
"Şimdi, ben buna çalışmak diyorum,"
diye gülümsedi.

"Dürüst olmak gerekirse seni henüz korkutmadığıma şaşırdım."

"Antrenmandan mı? En iyi doğal atlet değilim ama vazgeçen de değilim. Bir an önce bırakmayı denesem de. Gerektiğinde ısrarcıyım."

Antrenör hareketlerine yardım ederken Erika suda bacak kaldırmaya devam etti.

Koç Bethy, "Diğer şeyi kastediyorum," dedi. "Tipine benzemiyorsun. Bu yüzden şaşırdım."

"Şimdi tamamen kafam karıştı."

"Boş ver."

Erika bacaklarını yere koydu ve birbirlerine baktılar. "Geçen hafta benimle antrenman yapmak istemediğine dair bir imada bulundun. Şimdi yine bir şey ima ediyorsun. Atladığım bir şey mi var? Yani, sen seri katil misin nesin? Söz veriyorum söylemeyeceğim. "

"Bilmiyor musun?" Koç Bethy sordu. "Ben bir lezbiyenim. Sanırım ekipte henüz duymayan tek kız sensin."

"Ah..."

"Notu almadın mı?"

"Bir tane olduğunu bilmiyordum," diye omuz silkti Erika.

"Yıl 2023 olduğunu anlıyorum ve homofobik falan olduğunu

söylemiyorum . Ama takımdaki bazı kızlar dinsel kökenden geliyor ve aileleri bu akademik kuruma çok para kazandırıyor. Bu zor bir şey. "

"Sana şantaj mı yapıyorlar?"

Koç Bethy başını salladı. "Hayır, öyle bir şey yok. Uzun hikaye. Ama temelde takımdaki bazı kızlar soyunma odasında bir kadın profesörü öptüğümü gördü."

"Kadın bir profesör mü?" diye sordu Erika, şaşkınlığını gizleyerek.

"Evet, bir kadın profesör. Kısa sürdü. Öğretmen dayanamayıp içeri girdi ve öpüştük. Yeterince mahremiyetimiz olduğunu düşündüm, ben de izin verdim. Neyse, onlar da gördüler ve onlar kadar şok oldular." öylesin. konuştuk ve benim için sır olarak kalması konusunda anlaştılar. ancak kızlar kız olacak ve benim hakkımda bilgi yaydıklarını biliyorum. takımdaki bazı kadın oyuncuların beni gördüklerinde kıkırdadıklarını fark ettim . Hey, hayat bu, değil mi?"

"Bu berbat."

"Ne yapabilirim? Burada avantajlı bir konumda değilim."

Erika, "2023, istediğiniz kadar eşcinsel olabilirsiniz" dedi.

"Biliyorum. Ama damgalama orada olacak ve işleri garipleştirmek istemiyorum çünkü bu kurumun önde gelen üyelerinin yanındayım. Üyeler, diyelim ki, bizden çok daha geleneksel. Öyle değil. bu kötü bir şey. Durum böyle."

"Kayıt için söylüyorum, yaşam tarzınla ilgili bir sorunum yok. Bence sen muhteşem ve harikasın. Ve bunu gerçekten tüm kalbimle söylüyorum."

"Bu çok şey ifade ediyor," Koç Bethy gülümsedi. "Her neyse, görüşlerinin ne olduğundan emin değildim. Bu yüzden özel olarak çalışmamız konusunda tereddüt ettim."

"Hangi yöne sallandığımı nereden biliyorsun?"

"Gözlerin kaslarıma bakıyor. Göğüslerime, bacaklarıma veya dudaklarıma değil."

Erika gülümsedi. "Sanırım bu iyi bir ölçü."

"Eh, suda bu kadar uzun süre kalmaktan kuru eriklere dönüşmeden önce havuzdan çıksak iyi olur."

"Bacak kaldırmamla işim bitmedi."

"Değil misin?" Koç Bethy bunun nereye varacağını bilerek sordu.

"Eminim birkaç tekrarı sıkıştırabilirim. Tanrı bilir, çekirdeğimin alabileceği tüm yardıma ihtiyacı var."

"Yardıma ihtiyacın olduğunu varsayıyorum."

Erika sırtını duvara yasladı ve betona tutundu. "Havuzdaki bu bacak kaldırma hareketlerini senin yardımın olmadan yapamam. Belli ki senin kadar güçlü değilim."

"Fitnessinize bağlı kalmanın çok güçlü olduğunu düşünüyorum."

Antrenör Bethy suya uzandı ve ellerini tekrar Erika'nın kalçalarının altına koyarak suda bacak kaldırma yapmasına yardım etti. Aralarındaki ruh hali değişmişti. Paylaştıkları bilgilerden yakınlaşmış gibiydiler. Bağlanma bu şekilde olma eğilimindedir.

"Nasıl hissettiriyor?" Koç Bethy sordu. "Yanıyor mu?"

"Özümden mi yoksa kıçıma yakın ellerinden mi bahsediyorsun?"

Koç Bethy sahte bir iç çekti. "Buna nasıl istersen öyle cevap ver."

"İkisi de yanıyor. İyi anlamda."

Kadınlar birbirlerine gülümsediler ve birkaç yardımlı tekrardan sonra Erika karın kasları ağrırken durması için yalvardı. Koç Bethy bıraktı ve Erika bacaklarını havuzun zeminine koydu.

Koç Bethy memnuniyetle, "Sen iyi bir sporcusun," dedi. "Çalışma ahlakını beğendim."

Erika birden gerildi. "Sana bir şey sorabilir miyim? Biraz utanç verici ama yine de sana sormak istiyorum."

"Tabii, herhangi bir şey."

"Ne zaman anladın? Demek istediğimi anladın. Ama ne zaman öğrendin?"

Elbette Koç Bethy soruyu anladı. "Her zaman biliyordum. Neden? Sezgilerim senin hakkında yanlış mı?"

Erika başını salladı. "Hayır, şey, bilmiyorum. Karmaşık."

"Hmmm..." Koç Bethy alçak sesle mırıldandı. "İlginç birisin."

"Neden? Garip bir kadın olduğum ve basmakalıp kutulara düşmediğim için mi?"

"Belki."

"Eh, bu güven verici," diye yanıtladı Erika..

"Merak etmende bir sorun yok. Bu gayet doğal. Ama konuşman gereken doğru kişinin ben olup olmadığımdan emin değilim. Ben bu okulun kadın bir çalışanıyım ve etik kurallara bağlıyım."

"Ben bir yetişkinim."

Koç Bethy derin bir nefes aldı. "Bir şeyi merak ediyorsan, o zaman senin için buradayım. Üniversitede genç bir kadın olarak hayatının zorlu bir döneminde olduğunu biliyorum."

"Teşekkürler."

"Konuşmak istediğin özel bir şey var mıydı?"

"İlk sefer nasıl oldu?" Erika kendini sormaya zorladı. "Yani, sen mi diğerini takip ettin? Yoksa o mu senin peşinden gitti?"

"Dürüst olmak gerekirse karşılıklıydı. İlk seferim senin yaşlarındayken ben üniversitedeydim. Bu kızla oda arkadaşıydım. Ayrıntıları sana vermeyeceğim. Ama ben ne olduğumu biliyordum. O kararsızdı. Ortak noktamız olan tek şey, gerçekten başarılı olmamızdı. Birlikte harika bir kimyamız vardı ve şaşırtıcı bir şekilde, o benden etkilenmişti."

"Bunu hiç de sürpriz bulmuyorum. Ateşlisin."

Koç Bethy gülümsedi, "Teşekkürler. Ama bu benim ilk seferimdi. Birlikte çalıştığımız bir gece oldu. Sana seksi kısımlar vermeyeceğim."

"Çalıştıktan sonra öpüşmek. Kulağa çok hoş geliyor."

"Hala senin hakkında içgüdülerimin yanıldığına inanamıyorum."

Erika omuz silkti. "Kendimle ilgili bazı şeyleri sıkı sıkıya koruyorum. Sırlarla aram iyidir . Daha önce hiç kimseyle böyle bir tartışmaya girmedim."

"Pekala, gurur duydum. Şimdi, neden soruyorsun? Aklında biri var mıydı? Çıkmak istediğin biri var mı?"

"Tanrım hayır. Kabul edeceğim, bazı kadın arkadaşlarım hakkında böyle düşünüyorum ve onları öpmekten çekinmem ama henüz kimse bana bir adım atmadı."

Koç Bethy güldü. "Hayatını böyle mi yaşıyorsun? İlk adımı başkalarının atmasını mı bekliyorsun?"

Erika başını salladı.

Koç Bethy, "Bu iyi bir yaşam stratejisi değil," diye yanıtladı. "Aslında, bu korkunç bir yaşam stratejisi."

"Alternatifi nedir? Yerel barda kızlara asılmak mı? Telefonumda lezbiyen bir Tinder uygulaması mı bulmak? Ne yapacağımı bilmiyorum."

"Hmm..."

"Bu ne anlama gelir?"

Koç başını salladı. "Boş ver."

"Bana söyleme."

"Hiçbir şey. Madem sır saklayabilirsin, anlaşabiliriz diye düşünüyordum da merak ettin, küçük ikileminde sana yardım edebilirdim. Tabii ki bu etik bir ihlal olur."

Erika'nın gözleri büyüdü ve duygularını gizlemek için hiçbir çaba göstermedi. Böyle bir teklif gerçekten masada olabilir mi? Bunu düşünmek bile havuzda bacak bacak üstüne atmasına neden oldu. Bunu saklamaya da çalışmadı. Aslında, Koç Bethy'nin süper güçler kullanarak havuzdan yayılan uyarılmanın kokusunu alabildiğinden emindi .

"Sır tutabilirim," diye ciyakladı Erika.

"Kural kuraldır. Bundan bahsetmemeliydim."

"Yani hiç hız sınırının üzerinde araç kullanmıyorsunuz?"

"Bu farklı."

"Nasıl?"

Koç Bethy bir an düşündü. "Kimseye söylemeyeceğine yemin eder misin?"

"Yemin ederim. Sırlar söz konusu olduğunda güvenilir biriyimdir."

"Bu sözü bozarsanız, cezası ölümdür."

Erika kirpiklerini kırptı ve başını salladı. "Üçlü küfür."

"Gözlerini kapat."

Ve işte o zaman her şey değişti. Erika gözlerini kapalı tuttu, etrafındaki suyun akışını hissetti, sonra bir çift dudağın kendi dudaklarına bastırdığını hissetti. Öpücük güzel, yumuşak ve tutkuluydu. İyi bir öpücüğün hissettirmesi gereken buydu. Şimdiye kadar hissettiği tüm öpücüklerden çok daha hassastı. Dudaklarının birbirine değmesi Erika'nın omurgasında hoş bir his uyandırdı .

Koç Bethy dilini içeri soktuğunda, Erika amının sertçe kasıldığını hissetti. Bacaklarını daha sıkı bağdaştırdı ve ayak parmaklarını kıvırdı. Koç Bethy geri çekilmeden önce dilleri birkaç saniye boğuştu.

Koç, "Artık gözlerinizi açabilirsiniz" dedi.

Erika, gülümseyen güzel kadını görmek için gözlerini açtı. "Bu ... idi..."

"Artık nasıl bir şey olduğunu biliyorsun. Merak gitti."

"Beğendin mi? Yani, bana yapmaktan."

Koç Bethy başını salladı. "Dürüst olmak gerekirse, tadın güzel. Hatta lezzetli."

"Teşekkürler," Erika kızardı. "Sen de."

"Artık gitmeliyiz. Yarım saat sonra dersim var. Bu güzeldi. Yine de bir daha asla yapamayız."

"Neden?"

"Kızmak yok, tamam mı? Yarın antrenmanda görüşürüz."

Koç Bethy havuzdan çıkmaya çalıştığında, Erika'nın içgüdüleri ve hormonları harekete geçti ve kadın koçu belinden kavradı ve tekrar öpüşmeleri için onu kendine çekti. Erika bunu yaptığında kendi kendine şaşırdı. Koç Bethy'nin yüzüne tokat atmamasına daha da şaşırmıştı.

Sonra öpücük bitti ve birbirlerine baktılar.

"Seni bu şekilde tuttuğum için üzgünüm," dedi Erika pişmanlıkla. "Bana ne oldu bilmiyorum."

"Gençsin ve öpüşmekten zevk alıyorsun. Anlıyorum. Ama asla benimle baskın oynama. Burası benim spor salonum. Ben senin kadın koçunum. Sorumlu benim."

Şimdi Erika'yı daha da derin bir öpücük için çekerek kontrolü sağlama sırası koçtaydı ve bunun nasıl yapıldığını gösteriyordu. Durum üzerinde gerçek bir kontrol duygusu sergileyen kadın koç, elini aşağıya kaydırdı, Erika'nın mayo altını yana çekti ve Erika gelene kadar durmadan iki parmağını içeri soktu.

Ve Erika hemen geldi.

Tek düşünebildiği buydu, gerçekten. Böyle bir deneyimden sonra, neden başka bir şey düşünelim ki?

Bu nedenle, Koç Bethy'nin ertesi gün antrenmanda ona soğuk davranması Erika için büyük bir sürpriz oldu. Koç bir kez daha favorilerle oynadı ve zamanının çoğunu en iyi oyuncularla iletişim kurarak ve genel talimatlar vererek geçirdi. Takımın kazanma baskısı düşünüldüğünde bu anlaşılabilir bir durumdu.

Ama yine de bir kızı öpüp havuza boşaltıp hiç olmamış gibi davranamazsın. Bu doğru değil. Erika en azından bir gülümseme ve el sallamasını bekledi ama onu bile anlamadı.

Daha da kötüsü, Koç Bethy 'temizlik sırası' onda olduğu için ondan ekipmanı kendi başına kaldırmasını bile istedi. Havuzdaki aşırı agresif cinsel davranışı nedeniyle cezalandırıldığından emin oldu ve bu, koçun ona kimin patron olduğunu bildirme yoluydu.

Erika nihayet duşa girebildiğinde acele etmedi ve bu fırsatı rahatlamak için kullandı. Diğer kızlar çoktan duş almış, soyunma odasından çıkmışlardı ve zavallı Erika yapayalnızdı. Kendini yıkadı ve saçını şampuanladı. Tek düşünebildiği Koç Bethy ile nasıl oldu da bu güzel deneyimi yaşadığıydı ki bu bir şekilde alt üst oldu.

Şampuan yıkanıp saçını geri çektiğinde, gözünün ucuyla birini gördü ve döndüğünde Koç Bethy'nin orada

durduğunu gördü, üzerinde hala basit
bir tişört ve eşofman vardı, duvara
yaslanmış ona bakıyordu.

Erika duşu kapattı ve suyun vücudundan
damlamasına izin verdi. Kadın koçunun
önünde çıplak bir şekilde durmakta
hiçbir sorunu yoktu. Belki de zaten çok
bitkin olduğu içindi; fiziksel olarak
uygulamadan ve duygusal olarak
algılanan kötü muameleden. Ya da belki
de kadın koçunun onu böyle çıplak
görmesine izin vermek tahrik ediciydi.

Koç Bethy hayranlık dolu gözlerle,
"Böyle şirin görünüyorsun," dedi.

"Çıplak olarak mı?"

Koç Bethy gülümsedi. "Evet, göğüslerin
çok güzel, hayal ettiğim gibi. Suyun diri
göğüslerini kaplamasına bayılıyorum ve
o pembe göğüs uçları ölmek üzere."

Güven verici sözler Erika'nın çenesini dik tutmasına ve göğsünü öne doğrultmasına neden oldu.

"Devam etmek."

Koç Bethy daha fazla inceledi. "Güzel bir vücudun var. Yumuşak bir tenin var. Güzel bir şeklin var. Ve keşke yüzümü arasına gömebilseydim, güzel yuvarlak bir poponun var."

Erika, onun yuvarlak şeklinden bahsedilmesi üzerine poposunu yanaklarına bastırdı.

"Bugün beni bu kadar hafife almasaydın belki popomla oynamana izin verirdim. Havuz şeyimiz senin için bir şey ifade etmiyor muydu?"

Koç Bethy, "Her şeyden önce, kesinlikle çok lezzetlisin," diye onayladı. "İkincisi, seni temizlemen için görevlendirmemin nedeni, şu anda yalnız kalalım."

Erika'nın amcığı sıkıldı. "Ah."

"Dürüst olacağım; seni düşünmekten kendimi alamıyorum. Ama aynı zamanda bu yüzden işimi ya da itibarımı kaybetmek istemiyorum."

"Sır saklayabilirim," dedi Erika.

"Küfür?"

"Yemin ederim."

"Güzel, çünkü duşa ihtiyacım var," diye yanıtladı Koç Bethy. "Suyu başlatıp yıkanmama yardım eder misin?"

Erika'nın kalbi tekledi. "Tabii, herhangi bir şey."

Erika, Koç Bethy'nin her zamankinden rahat bir şekilde kıyafetlerini çıkarmasını izlerken duş suyunu tekrar akıttı. Antrenörün tişörtünün altında küçük göğüsleri kapatan siyah bir spor sutyeni vardı. Kadın antrenör ayakkabılarını ve çoraplarını çıkardı, yerde çıplak ayakla durdu; sonra pantolonu çıktı, külotunu ortaya çıkardı.

İşin en çılgın yanı Koç Bethy'nin yalnızmış gibi soyunmasıydı. Kimseye bakmamak Tereddütsüz. Bunda seksi bir şey yok. Spor sütyenini ve külotunu çıkardığında, göğüslerinin ve kasıklarının etrafındaki bikini bronzluğuyla çıplak vücudunu ortaya çıkardı. Göğüsleri küçüktü ama kahverengi meme uçları büyüktü ve zaten sertti.

Kadın koçu ona yaklaşıp yıkanmak için suyun altına girerken Erika donakalmıştı. Sonra kenara çekildi.

"Şampuan," dedi koç sırtını dönerek. "Öyleyse keseni benim üzerimde kullan."

"Evet, Koç Bethy."

Erika hevesli elleriyle yeterli miktarda şampuanı avuçlarına aldı ve koçunun saçlarına sürdü. Her yerde beyaz köpüklü baloncuklar oluşana kadar okşadı ve masaj yaptı. Başka bir kadının saçını yıkamak eğlenceli ve garip bir şekilde erotikti.

Sonra eğlenceli kısım geldi. Erika ellerini duş suyunda yıkadı ve ardından kese üzerine jel sürdü.

"Her yer?" diye sordu Erika.

Koç Bethy arkasını döndü ve Erika'yla yüz yüze geldiler, çıplaktı.

"Her yer."

Erika derin bir nefes aldı ve Bethy'nin cesedi üzerinde çalışmaya başladı. Önce omuzlar ve kollar gibi 'güvenli' alanlardan başlayarak yağsız kas tonusunu hissedin. Sonra göğüslerine geçti. Gözleri bronz çizgilere hayran kaldı. Erika çaresizce o büyük kahverengi göğüs uçlarını çimdiklemek istedi ama izni olmadığı için bunu yapmaktan kaçındı. Yine de, göğüs uçlarını ve göğüsleri bastırmak için fırçayı kullandı ve hafifçe sallanmalarını izledi. Bacaklar en son yapıldı.

Koç Bethy, "Şimdi, çalıyı yere bırak," dedi. "Cildimi ov. Vücutlar böyle temizlenir, değil mi?"

"Evet," diye yanıtladı Erika.

Erika'nın çıplak elleriyle kadın koçun sabunlu cildinin her tarafını ovuşturması, tonu ve teni hissetmesi saf bir zevkti. Sonunda o göğüsleri hissetmeye, hatta meme uçlarını ovmaya başladı (yine de onları çimdiklemeye cesaret edemedi). Hatta kadın koçun atletik kalçalarını, baldırlarını ve sıkı poposunu ovuşturdu.

"Her yerde," dedi Koç Bethy, sırtını Erika'ya çevirerek. "Klitorisimi ovuştur."

Erika'nın nefesi kesildi. "Birinin bizi yakalayacağından korkmuyor musun?"

"Günün bu saatinde buraya kimse gelmemeli. Her iki durumda da acele etmek en iyisi."

"Tam olarak ne yapmamı istiyorsun?"

"Beni boşalt."

Erika yutkundu. "Doğru. Havuzdaki iyiliğin karşılığını vermemi istiyorsun."

"Akıllı kız."

Erika çıplak vücudunun ön tarafını kadın koçun çıplak poposuna bastırdı. Elektrik hissetti. Sonra sağ eliyle öne uzandı ve kadın koçun kasıklarına ve dış dudaklarına dokundu. Şimşek gibi hissettirdi. Sonra kadın koçun klitorisini ovuşturdu . Aman Tanrım...

Oldukça basitti. Erika, iki parmağını kadın koçun amına koyarak normal mastürbasyon rutinini uyguladı ve tepki anında oldu. Koç Bethy inledi ve zevkten başını geriye eğdi.

"Bunda çok iyisin," diye homurdandı Koç Bethy. "Tüm hayatım boyunca neredeydin?"

Erika klitorisini ovuşturmaya devam etti. "Artık yardımcı kadın koçunuz olabilirim."

"Kesinlikle. Gayri resmi olarak yani. Her koşulda stres atmak için mükemmel. Durma, boşalacağım."

Bu sözleri duymak sadece Erika'nın altında bir ateş yaktı . Kadın koçun çıplak vücudunu sımsıkı tuttu ve öfkeyle ovuşturdu.

Aniden, kadın koçun vücudu gerildi ve başını daha da geriye yasladı. Derin bir nefes aldı ve sanki kalbi durmuş gibi tuttu, sonra tüm nefesini verdi. Günün tüm stresi bir anda yok oldu, yerini tamamen zevk aldı.

Koç Bethy, "Bu bir zevkti," diye soludu.

"Ellerim sabunlu olmasaydı şu an parmaklarımı yalardım biliyorsun."

Antrenör Bethy arkasını döndü, böylece yüz yüze geldiler. "Normalde mastürbasyon yaptıktan sonra yaptığın şey bu mu?"

"Eğer havamdaysam."

"İyi bir kız."

Kıkırdadılar ve birbirlerini dudaklarından öptüler. Sonra birlikte duş suyuna girdiler ve sabunun gidere akmasına izin verdiler.

Suyu kapattıklarında biraz daha öpüştüler ve sonra aniden şunu duydular: konuşmak ve gülmek. Soyunma odasına az önce iki üç kız girmişti.

Ah, kahretsin, diye fısıldadı Erika nefesi kesilerek. "Giyinmeliyiz."

"Zaman yok. Beni takip et."

Antrenör Bethy, Erika'yı bileğinden tuttu ve bu süreçte kendi kıyafetlerini alırken onu duştan çıkardı. Soyunma odasının arkasına parmak uçlarına basarak gittiler ve koç onun kıyafetlerini bir bankın üzerine fırlattı ve 'Şşşt...' demek için parmağını dudaklarına götürdü.

Orada sessizce durdular, çıplaklar, kızların konuşmasını dinlerken vücutlarından sular damlıyordu. Beyzbol takımında üç kadın oyuncu vardı. Yeterince ironik bir şekilde, bir süre önce kadın koçun lezbiyen sırrını keşfedenler aynı dindar kızlar grubuydu.

Bu çarpık ironi duygusu Koç Bethy'nin gülümsemesine ve Erika'nın sırtını dolaba yaslamışken Erika'nın güzelliğine yakından hayran kalmasına neden oldu.

"Ses çıkarma," diye fısıldadı Koç Bethy.

Kızlar kendi aralarında yüksek sesle konuşurken, kadın koç dili Erika'yı öptü ve Erika da olabildiğince sessizce öptü.

Ama Koç Bethy'nin peşinde olduğu şey sadece öpüşmek değildi. Mümkün değil. Koç dizlerinin üzerine çöktü ve gözlerinde şeytani bir bakışla yukarı baktı. Bu, Erika'yı bir anda gerdi. Deneyimli kadın koçu tarafından yenilirse, kendini tutmasının hiçbir yolu olmadığını biliyordu. Başka seçenek yoktu.

Antrenör Bethy, Erika'nın bacaklarından birini kaldırdı ve ayağını yedek kulübesine koydu ve Erika'yı yayılmış, ıslak bir amla bıraktı. Koç tekrar 'Şşşt...' hareketi yaptı ve ağzının dudaklarını Erika'nın amının dudaklarına bastırarak yemeye başladı.

ise çenesini sımsıkı kapattı. İyi bir önlem olarak, Erika kaçabilecek herhangi bir sesi bastırmak için iki avucunu da ağzına bastırdı. Kadın koç uzman bir sözlü performans sergilerken kendini sessiz kalmaya zorladı; dilin içeri ve dışarı daldığını hissetmek, labyasının emildiğini hissetmek ve ara sıra sıcak dilin klitorisinde titrediğini hissetmek.

Özellikle takımdaki kadın oyuncuların cinsel hayatları hakkında kaba şakalar yapmalarını dinlemek onu çıldırtıyordu. Koç Bethy ile gizli bir lezbiyen karşılaşması yaşarken o oyunculara kulak misafiri olmak da heyecan vericiydi.

Erika'nın içinde duygular birikti ve patlayacağını biliyordu. Yakalanacakları için bağırmaktan korkuyordu.

vurdu ve "Çok sert boşalacağım" sözlerini söyledi.

Durmak yerine, Koç Bethy daha fazla uyarılmış göründü ve tekrar 'Şşşt...' hareketi yaptı.

Koç Bethy, bu sefer daha kuvvetli bir şekilde Erika'nın amını yemeye geri döndü ve iki parmağını tahrik edilen deliğe soktu. Erika'yı deli etmeye yetmişti. Ve onu cum yaptı.

Erika iki eliyle ağzını kapattı, çığlık atmamak için elinden geleni yaptı. Kadın koçun ağzına sıvı hücum ettiğini hissetti ve bir an Koç Bethy'nin kalkıp ona tokat atacağını düşündü. Bunun yerine, kadın koç emmeye devam etti. Açıkça Koç Bethy onu içmekten keyif almış.

Bittiğinde, Koç Bethy ayağa kalktı ve takımdaki yeni favori kadın oyuncusuna sarıldı, çıplak vücutları ve sert meme uçları birbirine değiyordu. Orada durup diğer kızların konuşmasını dinlerken birbirlerinin gözlerinin içine baktılar. Kadın koçun ağzının her yerinde sıvılar vardı.

Sonunda diğer kadın oyuncular ayrıldı ve yine yalnız kaldılar.

"Sana bir Sır verebilir miyim?" Koç Bethy sordu.

"Herhangi bir şey."

"Aslında bu benim büyük bir fetişim. Soyunma odasında bunun gibi kız/kız şeyleri yapmak. Benim için büyük bir adrenalin patlaması. Böyle bir şey yok. Bunu seninle deneyimlediğim için mutluyum."

Erika içini çekti, "Kahretsin, bu çok ateşliydi. Sanırım yeni favori hobimi buldum."

"Benim dünyama hoş geldin. Takımımda oyun oynadığım ilk kadın oyuncusun ve ne yapacağımı bilmiyorum. Bunu, sen de

istersen, ilerledikçe çözeceğiz." devam.
Bu arada geç oluyor, giyinsek iyi olur."

Tekrar dudaklarından öpüştüler ama bu
sefer Erika kadın koçun ağzında kendi
fışkırmasının tadına baktı. Bayan
antrenör öpücüğü bitirdiğinde
kıyafetlerini aldı ve uzaklaştı.

"Bekle," dedi Erika, Koç Bethy gitmeden
önce. "Ağzına böyle fışkırttığım için özür
dilerim. Bunu kastetmemiştim."

Koç Bethy gülümsedi, "Dediğim gibi, çok
lezzetlisin."

Seans sona ermişti ve koç, elinde
kıyafetleriyle, Erika'nın hayran kalacağı
her adımda çıplak poposunu sallayarak
uzaklaştı.

SON